24 février 1893

CATALOGUE

D'UNE BELLE COLLECTION

D'ESTAMPES

ANCIENNES

BEAUX PORTRAITS

BEAUVARLET, LES DREVET
EDELINCK, TH. DE LEU, MORIN, NANTEUIL, SCHMIDT
WIERRIX, VILLE, ETC.

LIVRES A FIGURES

DONT LA VENTE AUX ENCHÈRES PUBLIQUES

AURA LIEU

Hôtel des Commissaires-priseurs, rue Drouot, 9

SALLE N° 7

Les 24 et 25 février 1893

A DEUX HEURES TRÈS PRÉCISES

Par le ministère de Me **MAURICE DELESTRE**, commissaire-priseur

RUE DROUOT, 27

Assisté de M. **A. DANLOS**, marchand d'estampes

QUAI MALAQUAIS, 5

CATALOGUE

D'UNE BELLE COLLECTION

D'ESTAMPES

ANCIENNES

BEAUX PORTRAITS

BEAUVARLET, LES DREVET
EDELINCK, TH. DE LEU, MORIN, NANTEUIL, SCHMIDT
WIERRIX, VILLE, ETC.

LIVRES A FIGURES

[Gouverneur]

DONT LA VENTE AUX ENCHÈRES PUBLIQUES

AURA LIEU

Hôtel des Commissaires-priseurs, rue Drouot, 9

SALLE N° 7

Les 24 et 25 février 1893

A DEUX HEURES TRÈS PRÉCISES

Par le ministère de Me **MAURICE DELESTRE,** commissaire-priseur

RUE DROUOT, 27

Assisté de M. **A. DANLOS**, marchand d'estampes

QUAI MALAQUAIS, 5

Exemplaire de Danlos

CONDITIONS DE LA VENTE

Elle sera faite au comptant.

Les acquéreurs paieront cinq pour cent en sus des enchères applicables aux frais.

M. Danlos, se réserve la faculté de réunir ou de diviser les lots.

ORDRE DES VACATIONS

Vendredi 24 février. . . . . 1 à 234

Samedi 25 février. . . . . 235 à fin.

DÉSIGNATION

ADRESSES.

1. Au Buste de Monseigneur, rue Dauphine, vis à vis la rue d'Anjou, *Sevin* peint à l'huile, à la fresque, et détrempe... Charmante et très rare adresse illustrée des portraits très bien gravés de Louis XIV et du Dauphin.

2. Au Duc de Bourgogne, rue Saint-Denis, *R. Bourgogne*, Md de soye... A Paris, 1732. Très jolie adresse illustrée du portrait du duc de Bourgogne. — Très belle épreuve.

3. Au Jardin de Provence, *Jean Chabert*, Md parfumeur sur les terreaux à Lyon, adresse illustrée du portrait du marchand, très bien gravé par Buys.

4. Au grand Cavalier, *Cavillier* Md chapelier à Paris. — A l'Image Sainte-Geneviève, *Robert* vend de très beau papier battu. — Au Singe verd, *Vaugeois*, vend tabatières d'or pour hommes et pour femmes, etc. — Sept adresses époques Louis XIV et Louis XV.

5. *Sergent*, Md imprimeur en tailles douces. — A la mémoire de *Basan*. — *Marcouet*, graveur. — *Remond*, imprimeur. — Fantasmagorie de *Robert-son*, etc. — Douze adresses illustrées et non illustrées de diverses époques.

ALIX (P.-M.).

6. Marie-Anne *Charlotte Corday*. In-fol. — Très belle épreuve en couleur.

7. Son Altesse Impériale le Prince *Eugène Napoléon*, d'après le tableau de S. M. Impératrice et Reine. In-fol. — Très belle épreuve en couleur.

8. *Voltaire*. — *J.-J. Rousseau*. — *Ant. Dubois*. Trois portraits, in-fol. gravés en couleur. — Très belles épreuves.

ANONYME.

9. *Louis*, Dauphin de France, frère aîné de Louis XVI. Petit in-18. — Superbe épreuve avant toutes lettres. Grande marge.

AUDRAN (B.).

10. *J.-B. Poquelin de Molière*, d'après Mignard. In-8. — Très belle épreuve.

11. Bernard *de Montfaucon*, Religieux bénédictin, de l'Académie des Belles lettres. In-fol. — Très belle épreuve avant toutes lettres.

AUDRAN (J.).

12. V. *Marie d'Estrées*, Maréchal de France. — *Ant. Coysevox* — *Pardaillan de Gondrin*. — R. *Secousse*. Cinq portraits in-fol. — Très belles épreuves.

AVELINE.

13. *Chapin*, trésorier du Marc d'or, d'après Autreau. In-fol. — Très belle épreuve avant la lettre.

BALÉCHOU (J.-J.).

14. *Dom Philippe*, Infant d'Espagne. — *M. de Julienne*. — Mme *Aved*. — Christophe, sire de *Robien*. Quatre portraits in-fol. — Très belles épreuves.

BASSET et DANISY (A Paris chez).

15. Rendez-vous bacchique chez Ramponneau. — Phénomême de la Basse Courtille. — Baccanal et divertissements des environs de Paris, par N. Guérard. Trois pièces curieuses et rares.

BÉATRIZET (N.).

16. Henri II, roi de France. In-fol. — Superbe et rare épreuve du 1er état : la tête du Roi est vue de profil. Marge.

17. La même estampe. — Très belle épreuve du 2e état : la tête est vue de face.

BERVIC (Ch. C.).

18. *Senac de Meilhan*, d'après Duplessis. In-fol. — Très belle épreuve avant la lettre.

BEAULIEU.

19. Antoine Éléonore Leclerc de *Juigné*, Archevêque de Paris. In-fol. — Très belle épreuve avant toutes lettres.

BEAUVARLET (J.-F.).

20. Madame la *Comtesse du Barry*, d'après Drouais. In-fol. — Superbe épreuve avant la lettre. Marge.

BELLA (St. Della).

21. Marche de troupes devant Arras. — Siège d'Arras. Deux pièces sur une même feuille. — Très belle épreuve. Rare.

BENAZECH (C.).

22. *Daphnis and Amaryllis.* — *Hylas and the Nymphs.* Deux pièces faisant pendants. — Très belles épreuves en couleurs. Grandes marges.

DE BLOIS — DAGOTY et autres.

23. *Ortance Mancini.* — *M. Louise d'Orléans*, reine d'Espagne. — *Rabelais.* — *Louis XIII.* — *Louis XIV.* — *Le Régent.* — Prince *Eugène.* — *Boucher*, etc. Quatorze portraits in-fol. et in-4 gravés à la manière noire. — Très belles épreuves.

BOIZOT et CATHELIN.

24. Comte *de Provence.* — Comte *d'Artois.* Deux portraits in-4 d'après Boizot et Frédou. — Très belles épreuves avec de grandes marges.

BOSSE (A.).

25. Les noms, surnoms, qualitez, armes et blasons des chevaliers et officiers de l'ordre du Saint-Esprit... Suite de quatre pièces (G. D., 1207-1210). — Très belles épreuves avec les légendes explicatives.

26. Les Vœux du Roi et de la Reine à la Vierge (1225). — Le Prévot des marchands suivi des Échevins vient complimenter le Roi Louis XIII sur la prise de La Rochelle (1187). — Louis XIII à genoux devant un autel (1240). Trois pièces. — Très belles épreuves.

27. La Joye de la France (1226). — Très belle épreuve avec l'adresse de Le Blond.

28. Les Forces de la France (1228). — Très belle épreuve.

29. La Galerie du Palais (1267). — Très belle épreuve avec l'adresse de Le Blond.

30. Le Sculpteur. — Le Graveur. — L'Imprimeur (1386, 1387, 1388). Trois pièces. — Très belles épreuves avec l'adresse de Le Blond.

31. Le Maître et la Maîtresse d'école. Deux pièces faisant pendants (1389-1390). — Belles épreuves avec l'adresse de Le Blond.

32. Le Sculpteur. — L'Imprimeur. — Vierges sages. — Le Pâtissier, etc. Six pièces. — Très belles épreuves.

BOYVIN (R.).

32 *bis*. *Luther*. — *Calvin*. — *Melanchton*. — *Martin Bucerus*. — *Jean Hus*. — *Clément Marot*, deux portraits différents, etc. Dix portraits in-8. — Très belles épreuves.

CALLOT (J.).

33. La Tentation de saint Antoine (M. 138.) — Très belle épreuve avant le trait échappé.

34. Saint Nicolas ou saint Séverin (140). — Très belle épreuve du second état; avant l'adresse d'Is. Silvestre.

35. Le Miracle de Saint-Mansuy (141). — Très belle épreuve du 7e état.

36. Titre des Miracles de Notre-Dame de Bon-Secours-les-Nancy (198). — Titre de la Sainte Apocatastase (198). — Titre de la suite intitulée : Combat à la Barrière, 1er état (492). Trois pièces. — Très belles épreuves.

37. *Claude Deruet*, Peintre du Duc de Lorraine (505). — Très belle épreuve du 1er état.

38. *Charles De Lorme*, Médecin (506). — Superbe épreuve du second état. Rare.

39. *Louis de Lorraine*, Prince de Phalsbourg (508). — Très belle éprenve.

40. Les Grandes misères de la guerre. Suite de dix-huit pièces (564-581). — Très belles épreuves, dont dix pièces superbes et très rares. Les nos 4, 5, 6, 7, 8, 10, 12, 13, 16 et 17 de la suite sont avant toutes lettres.

41. L'Éventail (617). — Très belle épreuve. Rare.

42. La Chasse (711). — Très belle épreuve du 1er état.

43. Portrait de Callot, par M. Lasne. — Mystères de la Passion (32, 33 et 36). — Le Bénédicité (65). — Saint Paul, 1er état (103). — Martyre de saint Sébastien (137). — Martyrs du Japon, 1er état (155). — Le Possédé (156). Dix pièces. — Très belles épreuves.

43 *bis*. Saint Paul, 1er état (180). — Le grand Rocher (616). — Les deux grandes Vues de Paris (713-714). — Martyre de saint Laurent (1000). Six pièces. — Très belles épreuves.

44. Combat de Veillane (509). — La Carrière ou rue neuve de Nancy, 1er état (621). — Parterre ou Jardin de Nancy (622). — Grande foire de Florence, 2e planche (625). Quatre pièces. — Très belles épreuves.

45. Ecce homo. — Martyre de saint Sébastien. — Saint Nicolas. — Les Caprices, etc. Cinquante-deux pièces. — Très belles épreuves.

CARMONTELLE (L.-C. DE.)

46. L'abbé *Allaire*, précepteur du duc de Chartres. — Le baron de *Besenval*. Deux portraits en pied gravés à l'eau-forte. — Très belles épreuves avec de grandes marges.

CARMONTELLE (D'après C.-L. DE.).

47. *Léopold Mozart* jouant du violon, sa fille *Marguerite Mozart* âgée de onze ans chantant et *Wolfang Mozart*, âgé de sept ans, au clavecin, gravé par Delafosse. Petit in-fol. — Superbe et très rare épreuve avant toutes lettres.

48. *Rameau* se promenant. Deux estampes différentes d'après l'eau-forte du maître : l'une est avec un encadrement orné, et l'on voit une dame assise près de la bordure de gauche; l'autre est sans encadrement et près de la bordure de gauche on ne voit qu'une chaise vide. — Très belles épreuves. Très rares.

49. *Franklin*, par Née. — Très belle épreuve.

50. *Trudaine de Montigny*. — *Bachaumont*, par Houel. Deux portraits en pied. — Superbes épreuves avec de très grandes marges.

51. De *Bourneville*. — *G. F. de Fontenay*. — Le chevalier *de Montbarré* et le marquis *d'Entragues*. — *Trudaine*. — *Chauvelin*, 1er et 2e états. Six portraits en pied. — Très belles épreuves.

52. *Dortous de Mairan*, 1er et 2e états. — Comte *de Dunois*. — *N. C. de Thy*, comte *de Milly*. — Abbé *Du Resnel*. — *Trudaine*. Six portraits en pied. — Très belles épreuves.

CARS (L.).

53. *Stanislas*, roi de Pologne, d'après Vanloo. In-fol. —. Très belle épreuve.

CATHELIN (L.-J.).

54. *Louis XIV*, en buste dans un petit médaillon ovale, in-12. — Superbe épreuve, avant toutes lettres, d'un portrait non décrit. Toute marge.

55. *Baléchou*. In-fol. — Très belle épreuve avant toutes lettres.

56. *La Comtesse de Provence* d'après Drouais. In-fol. — Superbe épreuve avant toutes lettres. Grande marge.

CATHELIN ET BOIZOT (D'après).

57. *Comte de Provence*, deux portraits différents. — *Comte d'Artois*. Trois portraits in-4. — Très belles épreuves avec marges.

CHEREAU (F.).

58. *André Pernot*, abbé de Cîteaux, d'après H. Rigaud. In-fol. — Superbe et rare épreuve avant toutes lettres.

59. Cardinal *de Fleury*. — Francois *Armand de Lorraine*, évêque de Bayonne. — *N. de Largillière*. — *Louis de Boullongne*, etc. Six portraits in-fol. — Très belles épreuves.

60. *Charles-Edouard Stuart*, dit le Prétendant. — *Philippe d'Orléans*, le Régent. — *Marquise de Sévigné*. — *Bossuet*. — *Boileau*. Six portraits in-4 et in-8. — Très belles épreuves.

CHEVILLET (J.).

61. *Jean-Louis Jordan*. In-fol. — Superbe épreuve avant toutes lettres.

CHOFFARD (P.-Ph.).

62. Portrait du *Duc de Chartres*, dans une grande composition en largeur destinée à servir de diplôme de franc-maçonnerie. Gravé d'après Monet. — Très belle épreuve avec marge.

CHRÉTIEN.

63. Portrait de *Mme Roland*, gravé au physionotrace. In-12. — Très belle épreuve coloriée. Marge.

COCHIN (C.-N.).

64. *Eustache Le Sueur*, d'après lui-même. In-fol. — Deux très belles épreuves, dont l'une, très rare, est avant toutes lettres et avant divers travaux.

COCHIN (D'après C.-N.).

65. *Boucher*. — *Le Bas*. — *Marmontel*. — *Perignon*. — *Tubières de Caylus*. — *Le Prince de Turenne*, etc. Dix-sept portraits in-4. — Très belles épreuves.

66. *Mariette*, par A. de Saint-Aubin. — Superbe épreuve avant toutes lettres.

67. *Beaumarchais. — Debrosses. — Chauvelin. — Jombert. — Marquis de Marigny. — Seroux d'Agincourt*, etc. Seize portraits, dont un grand nombre a de grandes marges.

COCK (H.).

68. *Catherine de Médicis. — Marguerite d'Autriche. — Duc d'Albe. — Ravaillac*, par Van Sichem. Cinq portraits in-4. — Très belles épreuves.

COSWAY (D'après).

69. *La Chevalière d'Eon*, par Chambers. In-8. — Superbe épreuve, tirée en bistre, avant toutes lettres et avant la suppression du fichu qui entoure le cou du personnage. Grande marge.

DAGOTY (Gauthier).

70. *Benjamin Franklin*. In-4. — Très belle et très rare épreuve en couleur.

71. Je t'en ratisse! — Ah! si je te tenais! Deux pièces faisant pendants, gravées d'après Danloux. — Très belles et très rares épreuves coloriées. Sans marges.

DALEN (Van).

72. L'amiral *Tromp*. Deux portraits in-fol. différents, d'après Livens et S. de Vlieger. — Très belles épreuves.

DAULLÉ (J.).

73. *Charles-Édouard Stuart*, fils aîné du Prétendant. In-4. — Très belle épreuve.

74. *Henri-Benoît Stuart*. In-fol. — Superbe épreuve avant la lettre. Toute marge.

75. Mademoiselle *Pelissier*, d'après Drouais. In-fol. — Très belle épreuve. Grande marge.

76. Claude *Deshais Gendron*, médecin de la Faculté de Montpellier, d'après H. Rigaud. — Superbe épreuve avant la lettre; la lettre est manuscrite.

77. Louis, *Dauphin de France*. — Louis, *duc d'Orléans*. — Louis-Philippe d'Orléans, *duc de Chartres*. Trois portraits in-fol. — Très belles épreuves.

78. Cardinal *de Polignac*. — *D'Aguesseau*, chancelier de France. — *J. Mariette*, graveur et libraire. — L.-Ph. d'Orléans, *duc de Chartres*. — *Baron*, du Théâtre-Français. Cinq portraits in-fol. et in-4. — Très belles épreuves.

DAVID (C.).

79. Élisabeth, reine d'Angleterre, en buste, en grand costume de cour. In-4. — Très belle épreuve. Marge.

DEBUCOURT (Ph.).

80. Liberté. — Égalité. — Deux pièces, gravées à la manière du lavis, faisant pendants. — Très belles épreuves. Rares.

DELAULNE (Étienne).

81. Écran ou Miroir à main (R. D. 315). — Très belle épreuve.

DELFT et C. DE PASSE.

82. *Gaspard III*, comte de *Coligny*, maréchal de France, d'après Mierevelt. — *Ernest Casimir*, comte de Nassau, d'après Morelse. Deux portraits in-fol. — Très belles épreuves.

DESNOYERS (Baron BOUCHER).

83. La Vierge au Donataire, épreuve avec le cachet de Ptolémée. — La belle Jardinière. — Sainte Catherine d'Alexandrie. Trois pièces d'après Raphaël. — Très belles épreuves. Toutes marges.

DIVERS.

84. *Marguerite d'Autriche*. — *Catherine de Médicis*. — *Charles IX*. *Gonzalve de Cordoue*. — *Jean de La Valette*, etc. Douze portraits in-8 par Nelli, Zanoï et autres maîtres italiens. — Très belles épreuves.

85. *François Ier*, gravure anonyme sur bois. — *Henri IV* à cheval, par Tempeste. — *Henri III*, *Henri IV* et *Louis XIII*, par L. Gaultier. — Henri de Bourbon, *Prince de Condé*. Cinq portraits in-fol. — Très belles épreuves.

86. Michel de *Castellan*, par G. Isaac. — *Henri III à cheval*, par Boissard. — *Henri IV*. — Duc de *Mayenne*. — *Louis XIII* enfant. — *Marie de Médicis*, etc. Huit portraits in-8. — Très belles épreuves.

87. *Louis XIII* et *Anne d'Autriche* en regard l'un de l'autre sur la même feuille, par Firens. — *Nostradamus* — *Marie de Médicis* tenant une corne d'abondance, — *Grégoire de Valentia*, par Fornazeris. — Pierre *Boquin*, par Granthomme, etc. Douze portraits in-4 et in-8. — Très belles épreuves.

88. *Charles V*. — *Henri IV*. — *Louis XIII*. — Connétable *de Montmorency*. — Cardinal de *La Valette*. — Maréchal de *Toyras*. — *Wallenstein*, etc. Quarante-cinq portraits in-4 et in-8, par G. Isaac, Malery, Moncornet le Vieux et autres. — Très belles épreuves.

89. *Th. de Bèze*. — *Mercator*. — *Montluc*. — *Ph. de Montmorency*. — Duc d'*Anjou*. — Duc d'*Angoulême*. — *Galilée*. — *Callot*, etc. Trente-cinq portraits in-4 et in-fol. Plusieurs sont avant la lettre.

90. *Vitry*, par David. — Prince de *Condé*, par M. de la Mathonnière. — *Charles III de Lorraine*, par Deruet. — Duchesse de *Chevreuse?* — *Marie d'Autriche*, etc. Neuf portraits in-8. — Très belles épreuves.

91. *Louis XIII* à cheval. — *Anne d'Autriche*. — Prince de *Conti*. — Duc de *Villeroy*. — *P. Broussel*. — Maréchal de *la Mothe-Houdancourt*. — *De Montchal*, etc. Quatorze portraits in-fol. gravés par Daret, Grignon, Humbelot et autres. — Très belles épreuves.

92. Le cardinal de *Richelieu*. — Le cardinal *Mazarin*, par G. Huret. — *Marie de Médicis*, par Hondhorst. — *La Magdelaine Ragny*, par Auroux. — *Louis XIII* sur les nuages, par G. Huret. — *Guillaume de Lamoignon*, par Poilly, etc. Quinze pièces dessus de thèses et titres de livres. — Très belles épreuves.

93. *Louis XIV.* — *Anne d'Autriche.* — Le duc d'*Anjou,* — *Jean Casimir*, roi de Pologne. — Duc de *La Meilleraye.* — *Philippe IV.* — Jean de *Gondy.* — Duc d'*Épernon.* — Duc de *Montpensier.* — Duc de *Longueville*, etc. Vingt-six portraits, dont quelques-uns sont équestres, par Daret et Montcornet.

94. *Marie-Thérèse.* — *Anne Baudesson.* — *Manesson-Manet.* — *Jacques du Chastenet.* — *Comte d'Estrades.* — *Tourville.* — *Louvois.* — *Ninon de Lenclos*, etc. Trente-six portraits in-4 et in-8. — Très belles épreuves.

95. Le Prince de *Condé* à Fribourg. — Duchesse de *Longueville*, par Regnesson. — *Molière*, par Punt. — *Fénelon,* par Duflos. — *La Voisin*, par Coypel. — *La Mère Arnaud.* — *Sophie Chéron.* — Duchesse de *Bourgogne.* — *Villars,* etc. Quinze portraits in-4 et in-8. — Très belles épreuves; plusieurs sont avant la lettre.

96. Le Prince *Eugène*, par Gunst. — Le Duc de *Marlborough*, par Gunst. — Le Prince *Eugène*, *Marlborough* et le prince d'*Orange* sur une même feuille, par Tanjé. — *Ortance Mancini*, par Stephani. — *Mlle de La Vallière*, par Gole, etc. Sept portraits in-fol. — Très belles épreuves.

97. Prince de *Condé* à cheval, épreuves avant la lettre. — *De la Berchère*, par Montbard. — *Bayle*, par Chereau. — *Capperonier*, par Dossier. — *Voyer d'Argenson*, par Tardieu. *Sébastien de Pontaut*, par Lubin, etc. Dix-sept portraits in-fol. — Très belles épreuves.

98. *Armand de Mouchy*, par Grignon. — *Cassini*, par Cossin, épreuves avant et avec la lettre. — *Conrart*, par Cossin. — Duc d'*Angoulême*, par Rousselet. — *Nicolas Gobillon*, par Langlois. — La Mère *Cath.-Agnès Arnaud*, par Boulanger, etc. Dix portraits in-fol. — Très belles épreuves.

99. Saint *François de Salles.* — *Racine.* — *La Bruyère.* — *Colbert.* — *Santeuil.* — Cardinal de *Fleury.* — Diacre *Paris.* *Sébastien de Poutaut*, etc. Vingt-deux portraits in-4 par Ravenet et autres. — Très belles épreuves.

100. Abbé de *Fourcarmont*, par Mariage. — *Duhamel*, par Moitte. — Président *Hénault*, par Moitte. — *Metastase*, par Mansfeld. — *D'Alembert*, par Malœuvre, etc. Sept portraits in-fol. — Très belles épreuves.

101. *Mme de Genlis.* — *Mme de Graffigny.* — *Florian.* — Comtesse *de la Mothe.* — *Delille.* — Comte *de Nivernais.* — *Racine.* — *Corneille.* — *Fléchier*, etc. Quarante-deux portraits in-8, gravés par Le Mire, De Launay, Masquelier et autres. — Très belles épreuves.

102. *Sébastien Le Clerc*, par De Launay. — *Le Sage*, par Habert. — *Coypel* jeune et *Franklin*, par Tardieu. — *Delille*, par Lecerf. — *Lapérouse.* — *Sonini.* Sept portraits in-4 et in-8. — Très belles épreuves avant la lettre.

103. *Louis Racine.* — *Marivaux.* — *Pannart.* — Mme *Du Chastelet*, etc. Vingt-quatre portraits petit in-fol. — Très belles épreuves, dont un grand nombre est avant la lettre.

104. Jean *Nocret*, par S. Silvestre. — *C. Le Clerc*, par De Launay, épreuve avant la lettre. — *S. Bourdon*, par L. Cars. — *F. Boucher*, par Carmona. — *J. de Troy*, par Poilly. — *A. Coypel*, par Massé. Six portraits, in-fol. — Très belles épreuves.

105. *J. Bérain*, par Duflos. — *Daffincourt*, par Audran. — *Van Cleve* et *J. de Troy*, par Poilly. — *Poerson*, par Desrochers. — *A. Coypel*, par Duchange. — *C. Cignani*, épreuve avant la lettre. Six portraits in-fol. de peintres et sculpteurs. — Très belles épreuves.

106. *Linné.* — *Personnage* décoré de plusieurs ordres écrivant à son bureau. — *Portrait d'ecclésiastique.* Trois portraits in-8 gravés par Née et autres. — Superbes épreuves avant toutes lettres.

107. *Cath. de Seine.* — Duchesse *de Châteauroux.* — *Buffon.* — *Lenoir.* — *Greuze.* — *Diderot.* — Mme *de Grafigny*, etc. Seize portraits in-4 gravés par Chevillet, Tardieu, G. Dagoty et autres. — Très belles épreuves.

108. Les enfants du duc *de Savoie*, par Beauvarlet. — Le comte *de Guerchy*, par Watson. — Le duc *de Luynes*, par Ingouf. — *De Sartine*, par Chevillet, etc. Six portraits in-fol. — Très belles épreuves.

109. *Marivaux.* — *Dorat.* — *Lalande.* — *D'Alembert.* — *De Mondoville.* — Julie *de Villeneuve.* — Duc *de La Vrillière.* — Abbé *de l'Épée*, etc. Vingt portraits in-4 et in-8, gravés par Ingouf, Choffard, Dupin et autres. — Très belles épreuves.

110. *Voltaire.* — *Montesquieu*, par Henriquez. — Maréchal de *Luxembourg*, par Vermeulen. — *Catinat.* — *Villars*, à cheval. — Portraits tirés de la Galerie Cardinale, etc. Seize portraits in-fol. — Très belles épreuves.

111. *Ninon de Lenclos.* — *Marie Leckzinska.* — *M.-Joseph de Saxe.* — Mme *Deshoulières.* — Mlle *de Scudéri*, etc. Trente-quatre portraits in-8, gravés par Ingouf, Delvaux, Desrochers et autres.

112. Mme *Scarron*, par Laugier. — *C. Vernet*, *Desaugier*, *Duplessis-Bertaux*, par D. Bertaux. — *Lacépède*, par Leroux. — *Bossuet*, par Lefèvre, etc. Quinze portraits in-8. — Très belles épreuves, dont un grand nombre est avant la lettre.

113. *Jodelet.* — *Scaramouche.* Deux portraits in-fol. d'acteurs de l'ancien théâtre, par Couvay et Bonnart. — Très belles épreuves.

114. *La Ruette.* — *Rosalie Duplant.* — Mlle *Raucourt*, épreuve avant l'inscription sur la tablette. Trois portraits, in-4 d'acteurs et d'actrices. — Très belles épreuves avec marges.

115. Mlle *de Stolberg.* — *Preville*, épreuve à l'état d'eau-forte. — Mlle *Colombe l'aînée.* — *Rosalie Duplant.* — *Dazincourt.* — Mlle *Raucourt.* Sept portraits in-8 et in-4 d'acteurs et d'actrices gravés par De Launay, Elluin et autres. — Très belles épreuves.

116. Mlle *Colombe*, en pied dans le rôle de Belinde, par Janinet. — Très belle épreuve en couleur.

117. *De Bonneval.* — *Brizard.* — Mlle *Duchesnois.* — Mlle *Georges* et Mme *Bourgoin*, etc. Cinq portraits in-fol. d'acteurs et d'actrices. Très belles épreuves.

118. *Mandrin.* — *Broc.* — *Pouillalier.* — *Desrues.* — Mlle *Desrues.* — *Lacoste*, etc. Onze portraits in-4 et in-8 de voleurs et célèbres bandits.

119. Portraits de *Louis XVIII.* — Duc et Duchesse *d'Angoulême.* — Duc *d'Orléans.* — *Talleyrand.* — *M. Thiers.* — *Les trois Glorieuses*, etc. Douze pièces gravées et lithographiées.

120. *La Fayette*, par Guérin, 1792. — *Lamoignon de Malesherbes*, deux épreuves dont l'une est avant la lettre. — *Pichegru*, par Allart, épreuve avant la lettre. — Maréchal *Ney*, par Laugier, épreuve avant la lettre. — Le général *Miolis*, etc. Sept portraits in-4 et in-fol. — Très belles épreuves.

DOLLÉ.

121. L'abbé *de Lammenais*, in-fol. — Très belle épreuve d'une pièce rare, gravée à l'eau-forte.

DREVET (P.).

122. *Philippe V*, roi d'Espagne, d'après Rigaud. In-fol. (F.-D. 41). — Superbe et rare épreuve du 1er état.

123. *Balthazar-Henri de Fourcy*, abbé de Saint-Wandrille, d'après H. Rigaud. In-fol. (50). — Très belle épreuve avant la dédicace. Grande marge.

124. Duc *de Bourgogne*, d'après H. Rigaud. In-fol. (57). — Superbe épreuve avant la lettre.

125. Louis-Auguste de Bourbon, Duc *du Maine*, d'après F. de Troy. In-fol. (60). — Superbe épreuve.

126. *Jean de La Bruyère*, d'après de Saint-Jean. In-12 (79). — Très belle épreuve du 1er état : avant les retouches.

127. *Hyacinthe Rigaud*, d'après lui-même. In-fol. (112). — Très belle épreuve avant la lettre.

128. Abbesse *de Chelles*, deux portraits différents. — Marie de Neufchatel, Duchesse *de Nemours*. Trois portraits in-fol. — Très belles épreuves.

129. *Louis*, Dauphin de France. — Le Duc *d'Orléans*. — *Cisternay du Fay*. — *J.-P. Bignon*. — *P. Calvairac*. — *R. Pucelle*. — *H. Rigaud*. — *La Vergne de Tressan*. Huit portraits in-fol. — Très belles épreuves.

130. *Cisternay du Fay*. — Duc *d'Orléans*. — *Claude Le Blanc*. — *De Tressan* (le Petit Bréviaire), 1er état. — *De Tressan*, (le Grand Bréviaire). — *De Piny*. — *Charles II*. — *Cromwell*. — *Fairfax*. Neuf portraits in-4. — Très belles épreuves.

DREVET (P.-J.).

131. *Marie Clémentine Sobieska*, épouse de Jacques-François Stuart, d'après Davids. In-fol. (10). — Très belle épreuve.

132. *René Pucelle*, conseiller au Parlement, d'après Rigaud. In-fol. (29). — Très belle et très rare épreuve avant toutes lettres; elle est un peu fatiguée.

133. *Louis de la Vergne de Tressan*, archevêque de Rouen, d'après Vanloo. In-fol. Pièce connue sous le nom de Grand Bréviaire (31). — Superbe épreuve du 1er état : avant les noms des artistes.

DREVET (Cl.).

134. Marguerite Henriette de la Briffe, Mme *Le Bret*, d'après H. Rigaud. In-fol. (9). — Superbe épreuve.

DUFLOS (Cl.).

135. Portraits de la famille *de Gondy*. Quinze pièces in-4, très intéressantes et comme portraits et comme costumes. — Très belles épreuves.

136. *Philippe*, duc *d'Orléans*, d'après Tournières. In-fol. — Superbe et rare épreuve avant les noms des artistes.

DUPUIS (N.).

137. *Nicolas Coustou*, sculpteur, d'après Legros. In-fol. — Superbe et rare épreuve avant toutes lettres.

DYCK (Ant. van).

138. *Jean Breughel*, épreuve avec l'adresse de Gilles Hendricx. — *Pierre Breughel*. Deux pièces. — Très belles épreuves.

DYCK (D'après A. van).

139. Gaston de France, duc *d'Orléans*, par Vorsterman. — Très belle épreuve avec l'adresse de Martin Van-Den-Eden. Très grande marge.

140. *Geneviève d'Urphé.* — Comtesse de *Carlyle.* — *Jeanne de Blois.* — *Henriette Marie.* — *Honoré d'Urphé.* — *Adrien Brouwer.* — *Lucas van Uden.* — *Daniel Mytens.* — *Mirevelt*, etc. Vingt portraits gravés par Bolswert, P. de Iode, P. Pontius, Vorsterman et autres. — Très belles épreuves ; la plupart sont avec l'adresse de G. Hendricx et celle de J. Mytens.

ÉCOLE ANGLAISE.

141. *Charlotte.* — *The first interview of Werther and Charlotte.* — *Albert, Charlotte and Werther.* — *Charlotte at the tomb of Werther.* Quatre pièces gravées par Bartolozzi, C. Knight et Smith, d'après Burnbury et Northcote. — Très belles épreuves en bistre, quelques-unes sont de remarque.

142. Vue de la Maison dite *High shot house* à Twickenham occupée par S. A. S. Monseigneur le duc d'Orléans, depuis l'an 1800 jusqu'à l'année 1807. — Vue de la maison occupée par les aides de camp de Monseigneur le duc d'Orléans, pendant le séjour de S. A. S. à Twickenham en 1815 et en 1816. Deux pièces. — Très belles épreuves en couleur. Très rares.

143. *The funeral Procession of Bonaparte at Sainte-Helene.* Gravée par Alkin, d'après le capitaine Marryat. — Très belle épreuve, en couleur, d'une pièce très curieuse et très rare publiée à Londres le 25 juillet 1821.

ÉCOLE FLAMANDE.

144. *Philippe-le-Bon.* — *Calvin* en pied. — *Marie de Médicis.* — *L'infante Isabelle.* — *Ignace de Loyola.* — *Piccolomini.* — *Charles de Lorraine.* — Comte *de Horn*, etc. — Vingt-cinq portraits in-4 et in-8, gravés par C. Galle, Matham, Sadeler et autres. — Très belles épreuves.

ÉCOLE HOLLANDAISE.

145. Joseph et Putiphar. — Grande résurection de *Lazare.* — Négresse couchée. — Joueur de vieille. — La Fileuse. — La Chanteuse. — Fête sous le grand arbre. — La grande Kermesse. — Paysages, etc. Vingt-sept pièces gravées par Rembrandt, Ostade, Dusart, Waterloo et autres. — Anciennes épreuves.

ÉCOLE FRANÇAISE (XVe SIÈCLE).

146. Cartes à jouer gravées sur bois datant de la seconde moitié du XVe siècle : Quatre figures sur la même feuille, deux de rois et deux de reines ; à droite et au bas le commencement de cinq autres, ce qui permet de constater que les douze figures composant le jeu entier devaient être tirées sur une même feuille. — Pièce très curieuse et très rare.

ÉCOLE FRANÇAISE (XVIIIe SIÈCLE).

147. Arrivée de *J.-J. Rousseau* aux Champs-Élysées. — Dernières paroles de *J.-J. Rousseau*. — Tombeau de *J.-J. Rousseau*. — Réception de *Voltaire* aux Champs-Élysées, etc. Sept pièces d'après Moreau, Borel et autres. — Très belles épreuves.

148. Le Midi. — La Nuit. — Érigone. — Ganymède. — Le Repos. — La Confidence. — La Gayeté de Silène. — L'Assemblée galante, etc. Vingt pièces, d'après Bertin, Boucher, Watteau et autres. — Très belles épreuves en noir et en couleur.

149. L'Anglomane. — La Pièce curieuse. — Les Aveugles. — Les Ennuyés chez eux. — Les Observations de la Comète près le Château-d'Eau. Cinq pièces, par et d'après Boilly et Debucourt. — Belles épreuves en noir et en couleur.

ÉCOLE ITALIENNE.

150. Carte de Tarot. — Portrait *de Boccace*. — *Cosme de Médicis*. — Bouclier représentant l'armée de l'empereur Charles V traversant l'Elbe, etc. Sept pièces gravées, par Baldini, N. de la Casa, Enéas Vico et autres. — Belles épreuves.

ÉDELINCK (G).

151. *Philippe de Champaigne*, d'après lui-même. In-fol. (R. D. 104). — Très belle épreuve.

152. *Gerbrand Van Leuwen*, professeur à Amsterdam, d'après Boonen. In-fol. (239). — Très belle épreuve avant la lettre.

153. Madame *Helyot*, d'après J. Galliot. In-fol. (223). — Très belle épreuve. Marge.

154. *P. Daniel Huet*, évêque d'Avranches, d'après N. de Largillière. In-fol. (224). — Très belle épreuve.

155. *J.-J. Keller*, commissaire ordinaire des fontes de l'artillerie de France, d'après N. de Largillière. Petit in-fol. (229). — Très belle épreuve avant toutes lettres ; elle a été pliée.

156. *Jean de La Fontaine*, de l'Académie Française, d'après H. Rigaud. In-fol. (230). — Très belle épreuve avec une grande marge.

157. Charles-Maurice *Le Tellier*, d'après Mignard (246). Superbe épreuve d'un tout 1er état non décrit : elle est avant quelques légers travaux dans les armes et avant les traits circulaires formant l'ombre de la bordure ronde qui les entoure.

158. *Louis XIV*, roi de France. — *Marie-Thérèse d'Espagne*, sa femme. Deux portraits in-8 faisant pendants ; la dernière pièce est non décrite.

159. *J.-B. Colbert* (177). — *Ch. Le Brun* (238). — *J.-H. Mansart* (267). — *H. Rigaud* (302). Quatre portraits in-fol. — Très belles épreuves.

160. *Louis XIV*, dans un petit médaillon ovale, entouré de figures allégoriques, d'après Desmarets (252). Deux épreuves, dont l'une superbe et du 1er état est avant le cartouche et la dédicace.

161. *Bossuet*, 1er état. — *Malebranche*. — *Furetière*. — André *Hameau*. — *Pascal*. — *Descartes*. — *Perrault*. Sept portraits. — Très belles épreuves.

162. Roger *de Rabutin*. — *M. L. de Foix*. *De La Valette*, religieuse carmélite. — Madame *de Miramion*. — *Descartes*. — *Pascal*. — *D. Téniers*. — *Cl. Perrault*. — *Mignard*, *etc*. Quatorze portraits. — Très belles épreuves.

FICQUET (Et.).

163. *De Chennevières* F. 31). — Très belle épreuve avec la faute au mot sincère écrit cincère. Marge.

164. *Charles Eisen*, d'après Visper (51). — Très belle épreuve avec une grande marge.

165. *Jean de La Fontaine*, d'après H. Rigaud (61). — Très belle épreuve dite au ruisseau blanc.

166. Madame *de Maintenon*, d'après Mignard (93). — Très belle épreuve avec une grande marge.

167. *J.-B. Poquelin de Molière*, d'après Coypel (101). Deux épreuves dont l'une, très belle, est avant la retouche.

168. *J.-J. Rousseau*, d'après de La Tour (F. 132). — Très belle épreuve avant les noms des artistes. Marge.

169. *Fénelon*. — *Descartes*. — *Voltaire*. — *J.-J. Rousseau*. — *Crébillon*. — *Saugrin*. Six portraits in-8. — Très belles épreuves.

170. *Descartes*. — *Montaigne*. — *La Mothe Levayer*. — *Régnard*. — *J.-J. Rousseau*. — *Crébillon*. Sept portraits in-8. — Très belles épreuves, dont la plupart ont de grandes marges.

171. *J.-J. Rousseau*. — *De Chennevières*. — *Vadé*. — *Voltaire*. — *Crébillon*, etc. Dix portraits. — Belles épreuves.

FIRENS (P.).

172. Le Sacre de Louis XIII, d'après Quesnel. — Très belle épreuve ayant quelques raccommodages. Rare.

173. *Louis XIII*, roi de France. — *Anne d'Autriche*, sa femme, représentés à mi-corps en grands costumes de cour. Deux portraits petit in-fol. faisant pendants. — Superbes épreuves avec de grandes marges. Très rares.

174. Henri IV guérissant les écrouelles. — Très belle épreuve.

GALLE (Ph.).

175. *Henri IV*, roi de France. — *Marie de Médicis*, sa femme. Deux portraits in-fol. faisant pendants. — Très belle épreuves.

GANDOLFI (M.).

176. Saint Jérôme, d'après Le Corrège. — Très belle épreuve avant la lettre dite à la patte blanche. Toute marge.

GARBIZZA (D'après).

177. Vue de la Gallerie du Palais Royal. Pièce curieuse gravée à la manière noire, par Coqueret. — Belle épreuve.

GAUCHER (Ch.-E.).

178. *Fénelon*, de face, d'après Vivien. In-12. — Très belle épreuve avant la lettre. Grande marge.

179. *Blaise Pascal*, d'après Ph. de Champaigne. In-12. — Très belle épreuve avant la lettre.

180. *Racine*. — *Crébillon*. — *Du Paty*. — *Malesherbes*. — *François Henault*. — *Fénélon*. — *Prince de Condé*, etc. Douze portraits in-4 et in-8. — Très belles épreuves.

GAULTIER (Léonard).

181. *Pourtraictz de plusieurs hommes illustres qui ont flory en France depuis l'an 1500 iusques a présent.* Suite très rare de cent quarante-quatre portraits connue sous le nom *de chronologie collée*, plus le texte explicatif. — Très belles épreuves non découpées.

182. Portraits des Empereurs Romains. — Portraits des Papes. — Portraits des Empereurs d'Orient. — Portraits des Rois de Pologne. — Portraits des Grands-Maîtres de l'ordre de Saint-Jean de Jérusalem. — Portraits des Princes de Maurianne, comtes de Savoie. — Portraits des Doges de Venise. — Portraits de tous les Rois d'Angleterre. 791 petits portraits, plus le texte tiré à part, faisant partie de la chronologie collée. — Les épreuves sont très belles.

183. *Anne, duc de Joyeuse*, pair de France, dans une bordure ovale reposant sur un fond ornementé dans le goût italien. In-8. — Superbe épreuve avant les tailles perpendiculaires dans le fond, sur lequel se détachent les ornements. Excessivement rare.

184. *Jean Chenu*, avocat au Parlement de Paris. — *Josias Bérault*, avocat au Parlement de Normandie, deux portraits, in-8. — Très belles épreuves.

185. *Guy Le Fevre de la Broderie*, poète, secrétaire du duc d'Alençon. In-8. — Très belle épreuve. Très rare.

186. *Henri*, duc *de Montpensier*, pair de France. Petit in-8. — Superbe épreuve avec une très grande marge. Très rare.

187. *Henri d'Orléans*, duc de Longueville. In-8. — Très belle épreuve avec marge.

188. *Louise de Lorraine*, reine de France. In-8. — Très belle épreuve.

189. *Louis XIII*, roi de France et de Navarre. In-8. — Très belle épreuve avec marge.

190. *Meteseau*, secrétaire du marquis de Bar. — *David Chabod*, médecin. Deux pièces in-12. — Superbes épreuves.

191. *Chalvet*. — *La Framboisière*. — *Louise de Lorraine*. — Prince *de Condé*. — Comte *de Soissons*. — *Louis XIII*, jeune. 7 portraits in-8. — Belles épreuves.

192. *Marie Stuart*. — *François de Guise*. — Duc *d'Epernon*. — Duc *de Mercœur*. — *Marie de Médicis*. — Duchesse *de Nemours*. — *Henri IV*, trois portraits différents. — *Louis XIII*. Ensemble, dix portraits in-8. — Belles épreuves.

193. Cardinal *d'Ossat*. — *Pasquier*. — *Masson*. — *Rouillard*. — *Caron*. — *Pierre Charron*. — *Nicolas Brulart*. — *Josias Bérault*. Dix portraits in-8. — Très belles épreuves.

194. Cardinal *de Guise*. — Cardinal *d'Ossat*. — *P. de Gondy*, archevêque de Paris. — Cardinal *de Lorraine*, par Gourmont. — *S. Rouillard*. — *J. Chenu*. — *P. de Gamaches*. — *P. Masson*. — *Pasquier*. Onze portraits in-8. — Belles épreuves.

GIFFART (P.).

195. Madame *de Maintenon*. In-fol. — Très belle épreuve avec une grande marge.

GOLTZIUS (H.).

196. *Philippe Galle*, graveur à Anvers. In-4 (B. 170). — Très belle épreuve.

197. *Christophe Plantin*, imprimeur à Anvers. In-8 (181). — Superbe épreuve avant la lettre.

198. *Henri Rantzau*, gouverneur des Duchés de Schleswick et Hostein. In-4 (182). — Très belle épreuve.

199. Homme en buste. Petit médaillon ovale dans la bordure duquel on lit : *Fortune est telle, aetat, s. v.* 17 (197). En regard, sur la même feuille, les armoiries du personnage. — Très belle épreuve. Rare.

200. *Henri IV* en buste coiffé d'un chapeau à bords relevés. — *Daventer.*— *Ph. Galle.* Trois portraits. — Belles épreuves.

GOSSELIN (D'après).

201. *Jean Thieurel*, soldat au Régiment de Touraine, né à Orrain en Bourgogne, âgé de 90 ans. Il est représenté en buste, revêtu de son uniforme, dans un médaillon ovale, au-dessous duquel on voit, dans un cartouche, la bataille de Fontenoy, le tout entouré de légendes explicatives. — Pièce très rare gravée à l'eau-forte. Le cartouche seul faisait partie de la collection Destailleurs où il était attribué à G. de Saint-Aubin?

GOYA (F.).

202. *Philippe IV*, roi d'Espagne. — *Gaspar de Guzman*, comte *d'Olivares*. Deux portraits équestres in-fol., d'après Velasquez. — Très belles épreuves avec marges.

GRANTHOME (J.).

203. Henri de Bourbon, prince *de Condé*, vu à mi-corps, tenant une palme à la main. In-18. — Très belle épreuve d'une pièce non décrite.

HALBECK.

204. Le Sacre de Louis XIII. — Superbe et première épreuve retouchée par l'artiste : les colliers de l'ordre du Saint-Esprit portés par le Roi et les Princes ont été remplacés par ceux de Saint-Michel ; le tapis est couvert d'ornements qui ont été effacés dans les épreuves suivantes, et la marge du cuivre est plus grande que dans les épreuves entourées de la légende.

HISTORIQUES (Pièces).

205. Le Carrousel de la Place Royale, par Ziarnko, fragment. — Assassinats de Henri III et de Henri IV. — Exécution du duc de Biron. — Mort du maréchal d'Ancre. — Champ de bataille de Senef, etc. Vingt-cinq pièces par Hogenberg, Collignon, Parrocel et autres.

206. Ordre de la bataille de Nordlingen. — Le Passage du Rhin. — Le Roi passant sur le Pont Neuf. — Disposition de la milice de Paris, au bois de Vincennes, en août 1660. — Pompes funèbres, par Bérain. — Bataille de Malplaquet. — L'Impôt sur le thé, en Amérique, etc. Dix-sept pièces curieuses et rares.

207. Dessin du feu d'artifice tiré sur la Seine le 21 août 1704. — Illumination et feu d'artifice donné par M. le duc d'Ossone, vis-à-vis le Louvre et le Collège Mazarin, le 24 mars 1722. — Vue du feu d'artifice tiré sur la rivière de Seine le 21 janvier 1730. — Feu d'artifice donné à Mgr le Dauphin le 3 septembre 1735. — Feu d'artifice tiré devant l'Hôtel de Paris le 1er octobre 1758. Cinq pièces. — Rares.

208. Vue de l'horloge de la cathédrale de Strasbourg, — château de Vincennes, — château de Monceau, — château de Bellevue, — port de Marseille, etc. Vingt-deux pièces par Chatilion, Is. Silvestre et autres. — Très belles épreuves.

209. Vue de la Maison boulevard du Temple n° 50, où Fieschi avait établi sa machine infernale ; au-dessous, le portrait de Fieschi et la vue de la fenêtre où la machine était établie. — Très rare et très curieuse pièce coloriée, publiée à Londres par R. Akerman, le 12 août 1835.

HONDIUS (H.).

210. *Marie de Médicis*, reine de France. — *Élisabeth*, reine d'Angleterre. Deux portraits in-fol. — Très belles épreuves.

211. Portraits des ambassadeurs, ayant conclu les trèves de douze ans à la Haye, en 1606. Dix-huit portraits sur une même feuille. — Très belle épreuve. Rare.

HOLLAR (W.).

212. La cathédrale d'Anvers, 1er état. — La Bourse d'Anvers. Deux pièces. — Très belles épreuves.

HUMBELOT et GUERINEAU.

213. Henri II de Bourbon, prince *de Condé*. — Jacques Nompart de Caumont, duc *de la Force*, maréchal de France. — *Bernard de Saxe*, duc de Weimar. Trois portraits équestres in-fol. — Très belles épreuves.

ISAAC (J.).

214. *Pierre Terrail*, seigneur de *Bayard*. In-8. — Superbe épreuve du portrait reconnu comme le plus authentique du célèbre chevalier.

ISABEY (D'après).

215. *Bonaparte*, en pied, à la Malmaison. In-fol. — Très belle épreuve avant toutes lettres.

JOLLAIN (A Paris, chez).

216. Nouvelle description d'une Galère Royale. — Vue de la Rochelle. — Vue du Mont Saint-Michel. Trois pièces.

LANGLOIS (J.).

217. *De La Fond*, gazetier de Hollande, d'après Gascar. In-fol. — Très belle épreuve avant toutes lettres.

LARMESSIN (DE).

218. *Anne d'Autriche*. — *Louis XIV*, deux portraits in-12, dont un est avant toutes lettres. — Maréchal de *La Meilleraye*. Quatre portraits. — Très belles épreuves.

219. *Louis*, Dauphin, fils de Louis XIV ; jeune et en buste sur un socle, d'après Beaubrun. Petit in-18. — Superbe épreuve. Rare.

LARMESSIN (N. DE).

220. *Louis*, Dauphin de France, *Marie-Joseph de Saxe*, sa femme. Deux portraits en pied, gravés d'après De la Tour et Vanloo, faisant pendants. — Très belles épreuves.

221. *Dugay-Trouin*, en buste dans un médaillon ovale. In-8. — Très belle épreuve avant la lettre.

222. *Guillaume Coustou.* — *Claude Hallé.* — *Henri de Lorraine*, prince *de Vaudemont.* — *Portrait d'acteur*, épreuve avant la lettre. Cinq portraits. — Très belles épreuves.

LASNE (MICHEL).

223. *Anne d'Autriche*, reine de France, représentée jeune, en buste et en riche costume de cour. In-4. — Très belle épreuve. Très rare.

224. Anne-Marie de Bourbon, duchesse *de Montpensier*, dans une bordure ovale. In-8. — Très belle épreuve. Très rare.

225. *Henri de Bourbon*, prince *de Condé*. In-fol. — Très belle épreuve.

226. *Bernard*, duc *de La Valette*, pair et colonel général de France, gouverneur de Metz ; au fond la vue de la cathédrale et de la ville de Metz. Grand portrait équestre in-fol. — Très belle épreuve.

227. *François de Bassompierre*, maréchal de France. In-fol. — Très belle épreuve. Rare.

228. *Louis de Balzac.* — *François Rabelais.* Deux portraits in-8. — Très belles épreuves. Rares.

229. Le cardinal *de Richelieu*. Quatre portraits différents, dont deux sont gravés par Rousselet et Ragot — Très belles épreuves.

230. *N. Brulart de Sillery*, chancelier de France. Deux très belles épreuves dont l'une est avant : *Messire Nicolas Brulart*, chevalier, seigneur *de Sillery*, etc.

231. *Mathieu Molé.* — *M. de Marillac.* — *H. de Mesmes.* — *J.-J. de Mesmes.* — *P. Séguier*. Cinq portraits. — Très belles épreuves.

232. *P. Séguier.* — *F. Monnerot.* — *J. de Charron.* — *Ch. de L'Aubespine.* — *Ant. de Loménie.* Sept portraits in-fol. — Très belles épreuves.

233. *Anne d'Autriche*, trois portraits différents. — *Louis XIV enfant.* — Prince *de Conti.* — Duc *de Lesdiguières.* — Maréchal *de Marillac.* — Comte *de Beringhem.* — *Jean Doria*, etc. Dix portraits in-4 et in-fol. — Très belles épreuves.

234. *J. Callot.* — *N. de Neufville.* — *P. Dumoulin.* — Cardinal *de Berulle.* — *Puget de la Serre.* — *Nicolas le Jay*, etc. Dix-sept portraits in-8. — Très belles épreuves.

LE BEAU (P.-A.).

235. *Louis XV.* — *Marie Leckzinska.* Médaillons ovales reposant sur des cartouches décorés des vues de la place Louis XV et de l'Abbaye de Saint-Denis. Deux pièces in-8, faisant pendants. — Très belles épreuves avant la pagination. Toutes marges.

236. *Louis XVI*, roi de France. — *Marie-Antoinette*, sa femme. Deux portraits in-8, faisant pendants. — Très belles épreuves avant la pagination. Toutes marges.

237. *Marie Leckzinska.* — *Louise-Marie de France*, abbesse de Chelles. — *Marie-Antoinette.* — Comte *de Provence.* — Comtesse *d'Artois.* Cinq portraits in-8. — Très belles épreuves dont quatre sont avant la pagination.

238. Louis-Jean-Marie de Bourbon, duc *de Penthièvre.* — Louise-Marie-Thérèse d'Orléans, duchesse *de Bourbon.* Deux portraits in-8. — Superbes épreuves avant la pagination. Toutes marges.

239. Duc *d'Orléans.* — Prince *de Condé.* — Duc *de Penthièvre.* — Prince *de Conti.* — Duc *de Cossé.* — Maréchal de *Montmorency.* — Comte *d'Estaing.* — Chevalier *d'Assas*, etc. Onze portraits in-8. — Très belles épreuves avant la pagination et avec toutes leurs marges.

240. Duc *de Choiseul.* — Duc *de la Vallière.* — Comte *de Saint-Germain.* — *De Sartine.* — Comte *de Maurepas.* — Président *d'Aligre.* — *Necker.* — *Turgot*, etc. Douze portraits in-8. — Très belles épreuves avant la pagination et avec toutes leurs marges.

241. *Washington.* — Marquis *de Rochambeau.* Deux portraits in-8. — Très belles épreuves avant la pagination. Grandes marges.

LE BLOND (Exc.).

242. Madame la duchesse *d'Aiguillon.* — Jacques Nompar de Caumont, duc *de la Force.* Deux portraits équestres in-fol. — Très belles épreuves. Rares.

LEGRAIN, POLONAIS (D'après).

243. Louis XIII et Anne d'Autriche à cheval au milieu de trois fleurs de lis, formées par des écussons rappelant les victoires remportées depuis octobre 1620, jusqu'à janvier 1622. — Très belle épreuve d'une pièce très curieuse et très rare offrant quelques changements avec l'estampe de Legrain : les têtes du Roi et de la Reine, très bien gravées dans le goût de Fornazeris ont été sensiblement vieillies.

LENFANT — LOMBART — LANDRY.

244. Guido de Sene de *Rochechouart.* — Gérôme *Le Maistre.* — Maréchal de *Grammont.* — Comte *d'Harcourt.* — *Thomas Morant.* — *Auguste de Servien.* — *J.-A. de Thou*, etc. Dix portraits in-fol. — Très belles épreuves.

LE PAUTRE (J.).

245. Almanach pour l'an bisextil 1556. *A. Paris, chez G. Jollain.* — Très belle épreuve. Rare.

LEU (Thomas de).

246. *Bernard d'Argentré*, président au siège du sénéchal de Rennes (R. D. 300). — Très belle épreuve du 1er état, avant le texte au verso et avant les rides sur le front du personnage.

247. *Pierre Arlensis de Scudalapis*, médecin (301). — Très belle épreuve, marge.

248. *Henri de Lorraine*, duc de Bar et marquis du Pont, in-4 (307). — Superbe épreuve du 1er état. Grande marge.

249. *Catherine de Bourbon*, duchesse de Bar (308). — Très belle épreuve. Très rare.

250. *Nicolas Habicot*, anatomiste à Paris (384). — Superbe épreuve du 1er état.

251. *Henri IV, roi de France* (403). — Très belle épreuve.

252. Le même personnage (406). — Très belle épreuve.

253. Le même personnage (407). — Très belle épreuve. Marge.

254. *Gentien Hervet*, chanoine de Reims (419). — Superbe épreuve du 1er état. Rare.

255. *Marie de Médicis*, reine de France (456). — Superbe épreuve du 1er état : avant le texte au verso. Très rare de cette qualité.

256. *Charles de Gonzague, duc de Nevers* (469). — Très belle épreuve avec marge.

257. Marc Papillon, poète (471). — Très belle épreuve.

258. *Étienne Pasquier*, avocat du roi à la Chambre des comptes (472). — Très belle épreuve d'un 1er état non décrit : avec les initiales seules de l'artiste qui, plus tard, furent remplacées par son nom écrit entièrement.

259. *Pierre Pigray*, premier chirurgien du roi Henri IV (475). Superbe épreuve signée Mariette 1681.

260. *Denis de Saint-Germain*, maître des requêtes (483). — Très belle épreuve.

261. *Cath. de Médicis. — Marie de Médicis. — Henri IV*, quatre portraits différents. — *Louis XIII à cheval*. Sept portraits. — Belles épreuves.

262. Cardinal *de Birague. — P. Caron. — Gabrielle d'Estrées.* — Prince *de Conty.* — Princesse *de Conty.*— Prince *de Condé.* — *Duc d'Épernon.* — Comte *d'Enghien*, etc. Neuf portraits. — Belles épreuves.

263. *Caron. — Jacques Ier. — Jeanne d'Albret.* — Princesse *de Conty.* — Duc *de Joyeuse. — B. de Vigeneres. — La Framboisière. — Louise de Lorraine*, etc. Dix portraits. — Belles épreuves.

264. *Duc de Joyeuse.* — Duc *d'Épernon.* — Comte *d'Enghien.* — *Duc de Nevers.* — Duc *de Nemours.* — *Montaigne.* — *Comte de Soissons.* — *Henri IV*, etc. Dix portraits. — Belles épreuves.

265. *Louise de Budos*, femme de M. le Connétable. — *Comte de Soissons.* — *Prince de Condé.* — *D'Argentré.* — *Henri IV.* — *P. Pigray*, etc. Huit portraits. — Belles épreuves.

266. *Montaigne.* — Duc *de Nemours.* — *Henriette de Balzac.* — *Arnaud de Sorbin.* — *Mme la Connétable.* — *Henri III.* — *Henri IV à cheval.* — *S. Rouillard*, etc. Treize portraits. — Belles épreuves.

LIEERINCK (Exc.).

267. *Isabelle de France*, femme de Philippe II, roi d'Espagne, en pied, en grand costume de cour. In-fol. — Très belle épreuve. Rare.

LITTRET DE MONTIGNY.

268. Antoine de *Malvin de Montazet*, archevêque de Lyon, d'après Vanloo. In-fol. — Superbe épreuve avant la lettre et avant que la tête ait été modifiée.

LOCHON (van).

269. *Louis XIII.* — *Anne d'Autriche.* — Cardinal *de Richelieu.* — Cardinal *de La Rochefoucauld.* — Duc *d'Épernon.* — Prince *de Condé.* — Duc *de Longueville.* — *M. de Créquy*, etc. Dix portraits in-12. — Très belles épreuves.

LONGHI (G.).

270. Le Mariage de la Vierge, d'après Raphaël. — Très belle épreuve de souscription portant le n° 544. Toute marge.

MALAPEAU (Cl.-N.).

271. *Quinault*, littérateur. In-4. — Superbe épreuve avant toutes lettres tirée hors texte.

MARCENAY DE GHUY.

272. *Charles V*, dit le Sage. — Le chevalier *Bayard.* — Le prince *Eugène.* — Le marquis de *Mirabeau.* Quatre portraits in-4 et in-8. — Très belles épreuves avant toutes lettres.

273. *Jeanne d'Arc.* — *Turenne.* — Le Président *de Thou.* — Comte *de Berghe.* — *Marie-Antoinette de Bavière.* — *D'Argenson.* — *G.-B. Sage*, etc. Douze portraits in-8. — Très belles épreuves, plusieurs sont avant la lettre.

MASQUELIER (L.-J.).

274. *J.-B. de la Borde*, premier valet de chambre du roi, d'après De Non. In-4. Portrait dit à la lyre. — Très belle épreuve avec marge, et avant la pagination, la manche de l'habit du personnage est légèrement teintée en bleu. Rare.

MASSARD (J.).

275. *Gravelot*, d'après La Tour. In-4. — Deux épreuves dont l'une, très belle, est avant l'adresse.

276. Henri IV à Louis XVI. — L'Impératrice Marie-Thérèse à sa fille Marie-Antoinette. Deux pièces allégoriques faisant pendants. — Très belles épreuves avant la lettre.

MASSON (A.).

277. *Marie de Lorraine*, duchesse de Guise, d'après Mignard — Très belle épreuve avant le lapin.

278. *Guillaume Brisascier.* — *Pierre Dupuis.* — Hardouin de Peréfixe. — Em.-Th. de *La Tour-d'Auvergne.* — Duc *d'Albret.* — *Guy Patin.* Six portraits in-fol. — Très belles épreuves.

MELLAN (Cl.).

279. *Anne d'Autriche.* — Le cardinal *Mazarin.* — *Louis d'Orléans.* — *Joseph Trullier.* — *Louis Berrier.* — *Ch. Favre*, etc. Huit portraits in-fol. et in-4. — Très belles épreuves.

MERCURY (P.).

280. La Mort de Jane Gray, d'après P. Delaroche. — Les saintes Femmes au tombeau, par Girardet, d'après P. Delaroche, deux pièces. — Très belles épreuves avant la lettre, sur chine.

MERLEN (Th.-Van).

281. *Marie Moreau*, dame *de Sancy*, âgée de 25 ans. — La même dame âgée de 74 ans. — *Nicolas de Harlay*. — *Achille de Harlay*. — Duc *de Villeroy*. — Duchesse *de Villeroy*. Six portraits in-fol. — Très belles épreuves. Rares.

MERYON (Ch.).

282. Le Petit Pont. — Très belle épreuve avant la lettre.

MICHEL, HALBOU et autres.

283. *Rousseau* herborisant. — *Rousseau* en méditation, etc. Cinq portraits différents du personnage. — Très belles épreuves dont une en couleur.

MICHEL, MASQUELIER et autres.

284. Le Déjeuné de Ferney, dessiné d'après nature par De Non le 4 juillet 1775. — *Voltaire*, cinq portraits différents. Ensemble, six pièces. — Très belles épreuves dont une est en couleur.

MOITTE (Ch.).

285. *Dom Joseph del Rue*, d'après Greuze. In-fol. — Très belle épreuve avant la lettre.

MOREAU (D'après J.-M.).

286. Le Couronnement de Voltaire sur le théâtre Français, le 30 mars 1778. — Très belle épreuve avec les armes et la dédicace à la marquise de Villette.

287. Répertoire, gravé par N. Ponce (E. B. 236). — Très belle épreuve avant les inscriptions typographiques sur la tablette.

288. Arrivée de Mirabeau aux Champs-Élysées, par L.-J. Masquelier (271). — Très rare épreuve à l'eau-forte pure. Toute marge.

MORGHEN (R.).

289. Les trois Ages, d'après Gérard. — Très belle épreuve. Toute marge.

MORIN (J.).

290. *Anne d'Autriche*, reine régente, d'après Ph. de Champaigne (R. D. 41). — Très belle épreuve.

291. Gilbert *de Choiseul du Plessis-Praslin*, évêque de Comminges, d'après Ph. de Champaigne (50). — Très belle épreuve du 1er état. Grande marge.

292. *J. Paul de Gondy*, cardinal *de Retz*, d'après Ph. de Champaigne (54). — Très belle épreuve.

293. Le cardinal *Mazarin*, d'après Ph. de Champaigne (68). — Très belle épreuve du second des quatre états décrits.

294. Armand Du Plessis, cardinal *de Richelieu*, d'après Ph. de Champaigne (72). — Très belle épreuve avec une grande marge.

295. *Antoine Vitré*, imprimeur, d'après Ph. de Champaigne (88). — Très belle épreuve avec une très grande marge.

296. Saint *Charles Borromée* (46). — *Brachet de la Milletière* (48). — *Gilbert de Choiseul* (50). — *Jérôme Francque* (52). — Marquis *de Gesvres* (53). Cinq portraits. — Très belles épreuves.

297. Cardinal *de Retz* (54). — Henri, duc *de Guise* (57). — Comte d'*Harcourt* (58). — *Henri IV* (60). Quatre portraits. — Très belles épreuves.

298. *Nicolas de Netz* (71). — *Dom Grégoire Tarisse* (75). — *Augustin de Thou* (77). — *Jacques Tubœuf* (80). — *Charles de Valois*, duc *d'Angoulême* (81). Cinq portraits. — Très belles épreuves.

MORIN et PLATTE — MONTAGNE.

299. Sainte-Famille. — Saint Pierre. — Marquis *de Gesvres*. — *François* Ier. — *Monnerod*, etc. Sept pièces. — Très belles épreuves.

MULLER (J.-G.).

300. *Louis Galloche*, peintre, d'après Tocqué, deux épreuves, dont l'une est avant la lettre. — *Leramberg*, sculpteur, d'après N. S. A. Belle, épreuve avant la lettre. Trois portraits in-fol. — Superbes épreuves.

NANTEUIL (R.).

301. *Moïse*, d'après Ph. de Champaigne (R. D. 1). — Très belle épreuve. Marge.

302. *J. Amelot*, premier-président de la Cour des aides (19). — Très belle épreuve du 1er état. Marge.

303. Jacques *Amelot*, 1er et 3e états (19). — *Anne d'Autriche*, buste fort comme nature (23). Trois portraits. — Très belles épreuves.

304. Antoine *Barberin*, archevêque de Reims, 1er état (29). — Le même personnage (30). — *Barillon de Morangis* (31). — Étienne *Bartillat*, 1er état (32). Quatre portraits. — Très belles épreuves.

305. *Pomponne de Bellievre*, premier président au Parlement de Paris (36), 1er et 2e états. Deux pièces. — Très belles épreuves.

306. *Beaumanoir de Lavardin* (35). — Charles *Benoise* (38). — David *Blondel* (41). — Pierre *Bouchu*, 1er état (47). — Victor *Le Bouthelier*, archevêque de Tours (54). Cinq portraits. — Très belles épreuves.

307. Victor *Le Bouthilier*, archevêque de Tours (54). — Superbe épreuve.

308. Frédéric Maurice de *la Tour d'Auvergne*, duc de *Bouillon* (49). — Très belle épreuve. Marge.

309. Jacques de *Castelnau* (58). — *Chamillard* (59). — *Chapelain* (60). — *Charles II*, duc de Mantoue (62). — *Charles V* de Lorraine (63). — Comte de *Chavigny* (66). Six portraits. — Très belles épreuves.

310. *Christine*, reine de Suède (67). — François de *Clermont Tonnerre* (68). — Charles Nicolas *Colbert*, archevêque de Rouen, buste fort comme nature (77). — Le même personnage, buste fort comme nature (78). Quatre portraits. — Très belles épreuves.

311. Jacques Nicolas *Colbert*, archevêque de Rouen, buste fort comme nature (78). — Très belle épreuve du 1er état.

312. Honoré *Courtin*, conseiller d'État (80). — Très belle épreuve du 1er état.

313. Jean *Dorieu*, président en la cour des Aides (84). — Très belle épreuve. Grande marge.

314. Jean Louis Charles *d'Orléans-Longueville*, comte de Dunois (86). — Très belle épreuve.

315. Le même personnage. Dessin au crayon noir exécuté pour la gravure précédente. — Collection Didot.

316. Alexandre *de Seve* (82). — Pierre *Dupuy* (87). — Le même personnage (88). — Cardinal *d'Estrées* (92). — Gaspard *Fieubet* (96). — Jean *Fronteau*, 1er état (99). Six portraits. — Très belles épreuves.

317. Bernard de Foix de La Valette, duc *d'Epernon* (91). — Superbe épreuve du 2e état, signée Mariette, 1700.

318. Nicolas *Fouquet*, surintendant des Finances (98). — Très belle épreuve. Grande marge.

319. François *Guénault*, médecin de la Reine (105). — Très belle épreuve.

320. Madame de *Gillier* (103). — Henri de *Guénégaud*, marquis de Plancy (106). — Louis *Hesselin* (109). — Le même personnage (110). — Jean Frédéric, duc de *Brunswick-Lunebourg* (111). — Pierre *Jeannin* (112). — Denis de *la Barde*, évêque de Saint-Brieuc (115). Sept portraits. — Très belles épreuves.

321. Duc de *La Meilleraye*, maréchal de France (118). — Très belle épreuve.

322. *Marin Cureau de la Chambre* (116). — Pierre *Lallemant* (117). — Guillaume *de Lamoignon*, 1er état (119). — Jacques *Le Coigneux* (125). — Michel *Le Masle*. 1er état (126). — *La Mothe Levayer* (143). Six portraits. — Très belles épreuves.

323. Michel *Le Tellier*, ministre d'État. Cinq portraits différents (Nos 129, 1er état, 131, 132, 134 et 135). — Très belles épreuves.

324. Ch.-Maurice *Le Tellier*, archevêque de Reims (138.) — Le même personnage (3e et 4e état, 139). Trois portraits. — Belles épreuves.

325. *Loménie de Brienne*, secrétaire d'État (148). — Très belle épreuve du 1er état.

326. Henri d'Orléans, duc *de Longueville* (149). — Très belle épreuve.

327. Dominique *de Ligny* (145). — Henri d'Orléans, duc *de Longueville* (149). — *Lotin de Charny* (141). — *Louis XIV* (152). — *Louise de Gonzague*, reine de Pologne (164). — *Maridat de Serrières* (168). Six portraits. — Très belles épreuves.

328. Marie-Jeanne-Baptiste *de Savoye* (169). — Denis *de la Chataigneraye*, 1er état (170). — Michel *de Marolles* (171). — Gilles *Ménage* (188). — Duc *de Mercœur* (188). Cinq portraits. — Très belles épreuves.

329. Le cardinal *Mazarin*, cinq portraits différents (174, 1er état, 177, 178, 182 et 186). — Très belles épreuves.

330. Le cardinal *Mazarin* assis dans sa Galerie des Antiques (185). — Très belle épreuve.

331. Jean-Antoine *de Mesmes*, président à mortier au Parlement de Paris (192). Deux épreuves, l'une du 1er état décrit et l'autre d'un état intermédiaire entre le 3e et le 4e : l'année a été convertie en 1667.

332. Henri de Lorraine, marquis *de Mouy*, 1er état (197). — Henry *de Savoye*, duc *de Nemours*, 1er état (199). Deux portraits. — Très belles épreuves.

333. Édouard *Molé* (193). — François *Molé* (195). — François *de Nesmond* (202). — Ferdinand *de Neufville*, 2e état (204). — André *Le Fèvre d'Ormesson*, 1er état (209). — *Payen Deslandes* (210). Six portraits. — Très belles épreuves.

334. Ferdinand *de Neufville*, évêque de Chartres (203). — Très belle épreuve du 2e état. Marge.

335. *Hardouin de Péréfixe de Beaumont*, archevêque de Paris (212). — Le même personnage (213). — Le même personnage, buste fort comme nature (214). — *Regnaudin de Beren* (216). — Cardinal *de Retz* (217). Six portraits, — Très belles épreuves.

336. Pierre *Poncet*, maître des Requêtes (215). — Très belle épreuve antérieure au 1er état décrit : il n'y a pas de crochet à la suite de l'année 1660.

337. *Scudéry* (221). — *P. Séguier de Saint-Brisson* (224). — François *Servien*, 1er et 2e états (225). — Denis *Talon* (223). — Le même personnage, buste fort comme nature (239). — *Cl. Thévenin* (230). — *V. Voiture* (254). Huit portraits. — Très belles épreuves.

338. Henri *de la Tour d'Auvergne*, vicomte *de Turenne*, maréchal de France. Buste fort comme nature (223). — Très belle épreuve du 4e état.

339. Louis *Boucherat* (app. 2). — Pierre *du Camboul de Coislin* (app. 3). Deux portraits en buste forts comme nature. — Très belles épreuves.

NANTEUIL (D'après R.).

340. *Jean Pètre*. — *Wulson de la Colombière*. — François *Tallemant*. — *Camboul de Coislin*. — Henri *de Beringhem*. Six portraits. — Très belles épreuves.

NAPOLÉON (Pièces sur).

341. *Bonaparte* premier consul. — *Napoléon* empereur. — *Joséphine*. — *Marie-Louise*. — Duc *de Reischtadt*. — *Jérôme-Napoléon*, roi de Westphalie. — Les Souverains coalisés, etc. Douze portraits in-4 et in-fol. gravés par Moreau, Massard, Longhi et autres. — Très belles épreuves.

342. Passage du pont d'Arcole. — Entrée de l'armée française dans Rome. — Bataille d'Austerlitz. — Couronnement de l'Empereur. Sept pièces. — Belles épreuves.

NATALIS (M.).

343. E. Th. de la Tour d'Auvergne, duc d'Albret, cardinal *de Bouillon*, grand-aumônier de France, d'après N. Mignard. In-fol. — Superbe épreuve.

NAUDET (A Paris, chez).

344. Défilé des Troupes à la grande parade devant le Premier Consul, dans la cour du château des Thuilleries. Gravé par Blanchard. — Très belle épreuve.

PASSE (C. de).

345. *Élisabeth de Bohême*. — *Caroline de Lorraine*. — Duchesse *de Clèves*. — *Henri IV*. — *Philippe II*. — *Louis XIII*. — *Dracke*, etc. Quatorze portraits in-4 et in-8. — Très belles épreuves.

PETIT (G.-E.).

346. *Marie-Thérèse*, reine de Hongrie. — *H. Arnaud de Pomponne*. — *Bernard Potier*, duc *de Gesvres*. Trois portraits in-fol. — Très belles épreuves.

PICART (J.).

347. *Louis XIII* à cheval. — *Anne d'Autriche* en prière. — *Martin du Bellay*. — Duc *de Schomberg*. — *Pierre de Fabry*, épreuve avant la lettre. — Seigneur *de Montmartin*. — Maréchal *de Toyras*, etc. Quatorze portraits in-4 et in-8. — Très belles épreuves. Rares.

PICART (Ét.).

348. Armand Charles de La Porte, duc *de Mazarin*, d'après Antoine Paillet. In-fol. — Très belle épreuve. Rare.

PICHLER (J.-P.).

349. Le Prince *de Ligne*, gravé à la manière noire, d'après Le Clercq. In-fol. — Très belle épreuve.

PITAU (N.).

350. Saint *Vincent de Paul*, d'après Simon François. In-fol. — Très belle épreuve. Rare.

351. *Wrangel*, épreuve avant la lettre. — *Alain Fergent.* — *Claude de Bourdaloue.* — *Pierre Cambout de Coislin.* — *Jacob Xavier du Boulay.* — *Daillon du Lude.* — *Habert de Montmor.* — *Nicolas Petipied.* — *Adrien Bourdirse.* Neuf portraits in-4 et in-fol. — Très belles épreuves.

POILLY (F.).

352. *Philippe*, duc *d'Orléans*, Monsieur, frère du Roi, d'après Nocret. In-fol. — Superbe épreuve avant toutes lettres et non terminée : la bordure, l'écharpe recouvrant la cuirasse et l'espace ménagé pour recevoir les armes sont blancs. De la plus grande rareté.

353. *Louis XIV*, roi de France. Quatre portraits in-fol. différents. — Très belles épreuves.

354. *Guillaume de Lamoignon*, premier président au Parlement de Paris, d'après C. Le Brun. Buste fort comme nature. — Très belle épreuve.

355. *Philippe de France*, frère du Roi. — Maréchale *de la Mothe-Houdancourt.* — *Hugues de Lionne.* — Abbé *de Richelieu.* — Chancelier *Séguier.* Cinq portraits in-4 et in-fol. — Très belles épreuves.

PROTAIS (D'après).

356. Avant et après le combat. Deux pièces faisant pendants, gravées par Tesselin. — Superbes épreuves avant la lettre, sur chine.

QUADO (M).

357. Henri de Bourbon, roi de Navarre. In-4, épreuve avant l'adresse. — La même estampe en contre-partie. Deux pièces. — Très belles épreuves.

RABEL (F).

358. Pierre *Beloy*. — *Isabelle-Augusta*, femme de l'empereur Charles V. Deux portraits non décrits. — Très belles épreuves.

359. *François de Coligny*. — *Pierre du Monin*. Deux portraits in-12. — Belles épreuves.

RAVENET (S. F.).

360. *S. F. Ravenet*, peint par son ami Zoffani et gravé par lui-même en 1763. In-4. Deux très belles épreuves dont l'une très rare est avant toutes lettres.

361. *Nicolas Boileau Despréaux*, d'après H. Rigaud. In-4. — Superbe et très rare épreuve avant toutes lettres.

RÉVOLUTION (Pièces sur la).

362. *J. I. Guillotin*, gravé par Prevost d'après Moreau. In-8. — Machine proposée à l'Assemblée Nationale pour le supplice des criminels, par M. Guillotin, estampe curieuse et très rare gravée à la manière du lavis. Deux pièces. — Très belles épreuves.

363. *Marie-Anne-Charlotte Corday*, ci-devant Damiens, âgée de 25 ans, écrivant dans sa prison. Médaillon ovale reposant sur un cartouche où est représentée la scène de l'assasinat de Marat. Gravée par Massol, d'après le dessin fait d'après nature par Quéverdo. — Très belle épreuve.

364. *Marie-Anne-Charlotte Corday*, née à Saint-Saturnin-les Vigneaux, représentée dans un médaillon ovale au-dessous duquel on voit l'assassinat de Marat. Pièce in-8 anonyme. — Très belle épreuve en couleur.

365. *Ainsi périssent les traîtres à la Patrie* : la tête de Louis XVI présentée au Peuple. Pièce très rare gravée à la manière du lavis par Villeneuve. — Très belle épreuve.

366. Triomphe de Voltaire. — La Contre-révolution. — Vue de la prison du Temple, grande pièce au bistre entourée d'une bordure formée par des chaînes. — Adieux de Louis XVI à sa famille, pièce non terminée. — Supplice de Robespierre et de ses complices, etc. Douze pièces. — Belles épreuves.

367. Portraits de Louis XVI et de la Famille royale. — Danton. — Robespierre. — Marat. — Necker. — De la Rochejaquelin, etc. — Trente-huit portraits in-4 et in-8 de personnages de la Révolution, dont un grand nombre sont rares.

REYNOLDS (D'après S.-J.).

368. S. A. S. Louis-Philippe Joseph, *Duc d'Orléans*, en pied, gravé à la manière noire par Smith. — Superbe épreuve avec les lettres tracées à la pointe.

ROMANET, DUPIN et autres.

369. *E. P. Marie de France*. — Comte *de Provence*. — Comte *de Penthièvre*. — Duchesse *de Bourbon*. — Duc *d'Orléans*. — Duc *de Crillon*. — *Turgot*, etc. Neuf portraits in-8. — Très belles épreuves.

ROSLIN.

370. *Etienne Jeaurat*, d'après lui-même. In-fol. — Très belle épreuve avant toutes lettres.

ROULLET (J.-L.).

371. *Delpech*, épreuve avant toutes lettres et avant les armes terminées. — *Le Camus*, épreuve avant la lettre. — *Hilaire Clément*. Trois portraits in-4. — Très belles épreuves.

SAINT-AUBIN (G. DE).

372. Pièce allégorique pour l'érection de la statue de Louis XV sur la place du même nom (De B. 6). — Superbe épreuve avec la signature : *Gabriel de Saint-Aubin fecit*, tracée dans l'estampe au-dessous du groupe allégorique des trois figures de droite ; on lit à gauche, au-dessous du génie ailé, et tracés à rebours en caractères très fins : *Imprimé sur papier de la Chine ;* la marge intérieure du cuivre est entière. — Excessivement rare de cette qualité.

SAINT-AUBIN (AUG. DE).

373. *Bitaube*, 2e et 3e état. — Duc de *Bourgogne* avant et avec la lettre. — Mlle *de Lavallière*. — *Catherine II*. — Mme *de Maintenon*. — Mme *de Montespan*. — *Ninon de Lenclos*. — Mme *de Sévigné*. — *Corneille*. — *Molière*. — *Racine*. — *La Fontaine*, etc. Cinquante portraits in-4 et in-8. — Très belles épreuves ayant pour la plupart toutes leurs marges.

SAVART (P.).

374. *Catinat*. — *La Bruyère*. — *D'Alembert*. — *Rabelais*. Quatre portraits. — Très belles épreuves.

SCHMIDT (G.-F.).

375. Son portrait dit à l'araignée. — Très belle épreuve avant divers travaux sur le montant de la fenêtre.

376. Mme *Schmidt*, en liseuse. — Très belle épreuve avec une grande marge.

377. M. *Quentin de La Tour*, sur un chevalet, d'après lui-même. In-fol. — Très belle épreuve.

378. *Charles Saint-Albin*, archevêque de Cambrai. — *J.-B. Rousseau*. Deux portraits in-fol. — Très belles épreuves.

SCHUPEN (P. VAN.).

379. *Philippe d'Orléans*, d'après J. Nocret. In-fol. — Très belle épreuve avec une grande marge.

380. *Marguerite de Lorraine*, veuve de René de France, duc d'Alençon. In-4. — Très belle épreuve.

381. *Anne-Jules de Noailles*. — *Le Maistre de Sacy*. Deux pièces. — Très belles et rares épreuves avant toutes lettres; elles manquent de conservation.

382. Mme *Deshoulières*. — *Marie-Félicie des Ursins*, duchesse de *Montmorency*. — *H. Cornelia*. — *Piscopia*. — *J. Verjus*. — *J.-L. de Fromentin*. — *Gilles Ménage*. Six portraits in-8 et in-4. — Très belles épreuves.

383. *Anne de Courtenay, dame de Rosny*. — *Michel Le Tellier*. — *Pierre Mercier*. — Abbé de *Livry*. — *Joseph Foucaut*, etc. Six portraits in-fol. — Très belles épreuves.

SERGENT (A.-F.).

384. M. *de Necker*, d'après Duplessis. — Superbe épreuve en couleur. Toute marge.

SILVESTRE (Israel).

385. Vues de Paris. Cinquante-trois pièces de différents formats. — Très belles épreuves, dont un grand nombre de rares; elles ont pour la plupart de grandes marges.

386. Vues de France et d'Italie. Soixante-cinq pièces de différents formats. — Très belles épreuves.

SIMONEAU.

387. René-Antoine *Ferchault de Réaumur*, de l'Académie des sciences, d'après S.-A. Belle. In-fol. — Très belle et rare épreuve avant toutes lettres.

SOMPEL (van).

388. *Ferdinand II*, empereur d'Allemagne. — L'impératrice *Augusta*, sa femme. Deux portraits, in-fol. d'après R. Soutman. — Très belles épreuves avant les numéros.

SUIDERHOEF (J.).

389. *Claude Saumaise*, d'après Van Negre. In-fol. — Très belle épreuve.

390. *Maximilien*, empereur d'Allemagne. — *Marie de Bourgogne*, sa femme. Deux portraits in-fol. faisant pendants. — Très belles épreuves avant les numéros. Grandes marges.

391. *Marie de Medicis*, reine de France, d'après A. Van Dyck. — In-fol. — Très belle épreuve avant le numéro. Grande marge.

392. *Louis XIII*, roi de France. — *Anne d'Autriche*, sa femme. Deux portraits in-fol. d'après Rubens. — Très belles épreuves avant le numéro.

393. *Henriette-Marie* de France, reine d'Angleterre, d'après Van Dyck. In-fol. — Très belle épreuve avant le numéro.

SUIDERHŒF, LOUÏJS et autres.

394. *Philippe Ier*, duc de Bourgogne. — Archiduc *Albert d'Autriche*. — *Ferdinand*, infant d'Espagne. — *François de Savoie*, duc *de Carignan*. Quatre portraits in-fol. — Très belles épreuves avant les numéros.

TARDIEU.

395. *Marie Leckzinska*, reine de France, d'après Humbelot. Petit médaillon, in-12 ovale. — Très belle et rare épreuve avant toutes lettres.

THOMAS (N.).

396. Le comte de *Saint-Germain*, célèbre alchimiste. In-fol. — Très belle et rare épreuve avant les inscriptions dans la marge, de chaque côté des armes.

THOMASSIN.

397. *Aloph. de Wignacourt*, grand-maître de Malte. In-4. — Très belle épreuve. Rare.

TOSCHI (P.).

398. Le Spasimo di Sicilia, d'après Raphaël. — Très belle épreuve lettres grises. Toute marge.

399. Entrée de Henri IV à Paris d'après Gérard, plus le trait explicatif. — Très belle épreuve.

TOURNEYSER.

400. *Charles-Emmanuel*, 2e duc de Piémont, roi de Chypre. In-fol. — Superbe et très rare épreuve avant toutes lettres et avec la bordure indiquée seulement par quelques légers traits.

TROUVAIN (A.).

401. François-Louis de Bourbon, prince *de Conti*. In-fol. —Très belle et rare épreuve avant toutes lettres.

VALPERGA.

402. L'abbé *Arnaud*, de l'Académie Française, d'après S. Duplessis. In-fol. — Très belle épreuve avant la lettre. Marge.

VAILLANT (Walerand).

403. Son Portrait. Pièce in-4 gravée à la manière noire. — Très belle épreuve.

VANLOO (D'après C.).

404. Herminie chez les Bergers. — Combat de Clorinde et de Tancrède. Deux pièces, faisant pendants, gravées par Porporati. — Très belles épreuves avant la lettre.

VERNET (D'après H.).

405. Les amours de Mademoiselle de La Vallière et de Louis XIV. Suite de six pièces gravées par Legrand et Levacher, dont nous ne possédons que quatre : les nos 3, 4, 5 et 6. — Très belles épreuves en couleur.

VISSCHEREX (N.).

406. *Philippe de France*, Monsieur, frère du Roi. In-fol. — Superbe et très rare épreuve avant toutes lettres.

VORSTERMAN, P. PONTIUS.

407. *Holbein*. — Connétable *de Bourbon*. — *N. Lasnier*. — *Philippe IV*. — Comte *d'Aremberg*. — Portrait de jeune femme. — Comte *de Buquoy*. Sept portraits in-fol. — Très belles épreuves.

VOYSARD (E.)

408. *Mirabeau l'aîné*, d'après Borel. In-8. — Deux épreuves, dont l'une très belle est avant la lettre.

WATTEAU (D'après L.).

409. La quatorzième expérience aérostatique de Blanchard, à Lille, en Flandre, le 26 août 1785. — Entrée de M. Blanchard et du chevalier Lépinard dans la ville de Lille, le 26 août 1785. Deux pièces gravées par Helman. — Très belles épreuves; la première pièce est avant toutes lettres.

WIERRIX (Les).

410. Le cardinal *André d'Autriche* (Al. 1842). — Très belle épreuve.

411. *Charles*, duc *de Croy* et d'*Arschot*. In-12 (1886). — Superbe épreuve.

412. *Albert*, archiduc d'Autriche. — L'Infante *Isabelle-Claire-Eugénie*, sa femme (1836-1995). Deux portraits in-12, faisant pendants. — Superbes épreuves.

413. Philippe-Emmanuel de Lorraine, duc de *Mercœur*, in-4 (1981). — Très belle épreuve.

414. *Frédéric Othon* (1902). — *Michel de l'Hôpital* (1931). — *Éverard Mercurialis* (1983). Trois portraits. — Très belles épreuves.

415. L'Archiduc *Albert d'Autriche*. — *Guillaume*, comte Palatin du Rhin. — *Rodolphe II*, empereur des Romains. — *Guillaume*, prince d'Orange. — *Philippe*, prince d'Orange. — *Marguerite*, femme de Philippe III, etc. Douze portraits. — Très belles épreuves.

416. *Henri III*, roi de France. In-fol. — Très belle épreuve manquant de conservation.

WILLE (J.-G.).

417. Le Concert de famille, d'après G. Schalken. — Très belle épreuve.

418. Abel François, *Poisson de Vandières*, marquis *de Marigny*, d'après Tocqué. In-fol. — Très belle et rare épreuve avant la lettre et avant le bout de l'épée.

419. *Charles*, prince *de Galles*, d'après Tocqué. In-fol. — Très belle épreuve avant la lettre. Sans marge.

420. *François Quesnay*, médecin, d'après J. Chevallier. In-fol. — Très belle épreuve avant la lettre. Sans marge.

421. *Jean de Boullongne*, contrôleur général des finances, d'après H. Rigaud. — *P. de Guerin*, cardinal *de Tencin*, d'après Parrocel. Deux portraits in-fol. — Très belles épreuves avec marges.

422. Charles, comte *d'Aumale*, d'après Chevalier. — *Maurice de Saxe*, d'après H. Rigaud. — Pierre, cardinal *de Tencin*. — Messire *Antoine de Singlin*. Quatre portraits in-fol. et in-4. — Très belles épreuves.

WOEIRIOT (P.).

423. François de Scepaulx, *sire de Vieilleville*, maréchal de France. In-8 (R.-D., 309). — Superbe épreuve. Rare.

WORDLIGE.

424. *Ninon de Lenclos*, d'après la miniature appartenant à sir H. Walpole. In-8. — Très belle et rare épreuve avant toutes lettres.

ZUNDT (M.).

425. *Louis II de Bourbon*, prince de *Condé*, vu en buste et de profil dans un médaillon ovale. In-4. — Très belle épreuve, très rare.

426. Sous ce numéro seront vendus quelques lots d'estampes non catalogués.

MINIATURES

427. Portrait de *Mme Dugazon*, de la Comédie Italienne.

Charmante petite miniature ovale. A été gravée. Cadre ancien en cuivre et bois noir.

428. Huit miniatures provenant d'antiphonaires.

LIVRES

429. **Dessins de fleurs et d'oiseaux.** 8 miniatures sur vélin seau finement exécutées par un artiste du XVIIe siècle, 1 vol. in-fol. demi-rel. mar. vert.

430. **Androuet Ducerceau.** Le premier et le second volume des plus excellents bâtiments de France. *A Paris, chez ledit Jacques Androuet Du Cerceau*, 1576-1579, 2 tomes en 1 vol. in-fol. cuir de Russie.

Bel exemplaire de la 1re édition.

431. **Callot** (J.). La petite Passion de Notre Seigneur, suite de 12 planches (M. 19-30). 1 vol. in-12 demi-rel. mar. bleu.

Superbes épreuves du 1er état : avant les numéros, les noms de l'auteur et le Cum privilegio.

432. **Callot** (J.). La Vie de la sainte Vierge, suite de 14 estampes (76-89). Très belles épreuves avant les numéros. — Le Martyre des apôtres, suite de 16 estampes (120-138). Très belles épreuves avant les numéros. — Ensemble 30 pièces, 1 vol. in-18 demi-rel. mar. violet.

433. **Callot** (J.). Le Sauveur, la sainte Vierge, les douze Apôtres et saint Paul, l'apôtre des Nations, en pied, suite de 16 estampes y compris le titre (104-119). 1 vol. demi-rel. mar. rouge.

Très belles épreuves avant les numéros.

434. **Callot** (J.). Estampes décorant le livre intitulé Combat à la Barriere, par Henri Humbert. Nancy, 1627, suite de 11 planches, dont nous ne possédons que 10; manque le n° 11 (492-503). Très belles épreuves; le titre, la seule pièce de la suite où il y ait des différences, est du 1er état. — Le Marché d'esclaves (712). Très belle épreuve du 2e état. — Les trois Pantalons (627-629). — Portrait de Callot, par A. Bosse et par M. Lasne. — Ensemble 17 pièces en 1 vol. in-4 demi-rel. mar. vert.

435. **Callot** (J.). Les petites Misères de la guerre, suite de 7 pièces (557-573). — La Rencontre à l'épée (595). — La Rencontre au pistolet (596). — Ensemble 7 pièces en très belles épreuves, 1 vol. in-8 obl. demi-rel. mar. brun.

436. **Callot** (J.). Les Bohémiens, suite de 4 planches (M. 667-670). 1 vol. gr. in-4, mar. La Vall.

Très belles épreuves du second état.

437. **Callot** (J.). La Noblesse, suite de 12 pièces (673-684). Superbes épreuves avant les numéros. — Bourgeoises dans différentes attitudes, suite de 4 pièces commencées par Callot et qui sont restées inachevées (1209-1221). — Ensemble 16 pièces en 1 vol. in-8, mar. vert dent. sur les plats intérieurs.

438. **Callot** (J.). Les Gueux ou Mendiants, suite de 25 planches dont nous ne possédons que 24 (manque le n° 3) (685-709). 1 vol. in-4 demi-rel. veau fauve.

Superbes épreuves avant les numéros. Exemplaire de la vente Solar.

439. **Callot** (J.). Solimano, tragedia del conte Prospero Bonarelli. *Firenze, Cecconcelli*, 1620. 1 vol. in-4, veau.

Livre orné de 6 planches, par J. Callot. L'épreuve du frontispice est du second état. Très bel exemplaire.

440. **Callot** (J). La petite Passion de N.-Seigneur, suite de 12 estampes. — Les quatre Banquets, suite de 4 estampes. — Les Fantaisies, suite de 13 estampes. — Ensemble 29 pièces copies. 3 vol. in-12 dem.-rel. mar.

441. **Della Bella** (St.). Livre pour apprendre à dessiner, mis en lumière par *Israël*, suite de 14 pièces. — Diverses têtes et figures faites par St° Dª Bella, *Israël excudit*, 1680, suite de 13 pièces. — Divers exercices de cavalerie, suite de 14 pièces. — Ensemble 41 pièces en 1 vol. in-8. obl. bas.

442. Les beaux et bien adroits Joueurs de toutes sortes de jeux. 8 planches, éditées par *M. Van Lochon*. 1 vol. in-4 obl.

Belles épreuves remontées.

443. **Der Zee-vaert Lof** (L'Éloge de la navigation), par E. Herekmans. *Amsterdam, Jacob Pieters Wachter*, 1634, 1 vol. in-fol. vél.

Poème très rare contenant 17 planches, parmi lesquelles on remarque en tête du IIIe livre, la Fortune contraire, par Rembrandt.

444. **Het Groote** tafeerel der Dwaasheid. Grand tableau de la folie incroyable de la xxe année du xviiie siècle, représenté par les gravures, les comédies et les vers publiés par plusieurs amateurs, etc. *S. J. Amsterdam*, 1720, in-fol. veau marbré dent.

75 planches. Pièces satiriques et historiques sur le système de Law.

445. **W. Ottley**. The italian School of design : being a series of fac-similes of original drawings by the eminent printers and sculptors of Italy. *London*, *Taylor and Hessey*, 1823, 1 vol. in-fol. cart.

446. **Perelle**. Recueil des plus beaux bâtiments de France. *A Paris, chez Langlois*, 1 vol. in-fol. oblong, veau ancien.

286 planches, en très belles épreuves.

447. **Israël Silvestre**. Vues de France. 1 vol. in-4 obl., veau ancien.

220 planches en premières épreuves.

448. **Israël Silvestre**. Vues d'Italie. 1 vol. in-4 obl., veau ancien.

120 planches en belles épreuves.

449. Recueil d'estampes représentant les différents événements de la guerre qui a procuré l'indépendance aux États-Unis de l'Amérique. 1 vol, in-4, d.-rel. avec coins.

16 planches très bien gravées par Ponce et Godefroy.

450. **Janinet**. Vues pittoresques des principaux édifices de Paris. Suite complète de 112 planches en couleur, y compris le titre, gravées par Janinet, Roger, Guyot et Sergent. *A Paris, chez Lamy, libraire, quay des Augustins*, 1792. — Vues des hôtels et monuments de Paris. 29 planches en couleur publiées chez *Esnaut et Rapilly*. — Ensemble 140 planches, 1 vol. in-8, cartonné.

Collection des plus intéressantes et des plus rares à trouver aussi complètes.

451. **E. Yon**. Autour de Paris. 12 eaux-fortes, épreuves avant la lettre sur chine volant.

F. Pierdon. Saint-Cloud brûlé, épreuves avant la lettre sur chine volant.

A. Martial. Paris pendant le siège. — Paris sous la Commune, épreuves sur chine volant.

M. Lalanne. Souvenirs artistiques du siège de Paris, épreuves avant la lettre sur chine volant.

Paris incendié, épr. avant la lettre sur chine volant. Paris et ses avant-postes.

Sept livraisons dans leur couverture de publication.

452. Liste générale et alphabétique des portraits gravés des François et Françoises illustres jusqu'en l'année 1775, extraite du tome quatrième de la Bibliothèque historique du Père Lelong. *A Paris, chez De Bure*, 1809, 1 vol. in-fol. cart.

453. **Soliman Lieutaud**. Liste alphabétique de Portraits français gravés, faisant le complément de la liste du Père Lelong. *Paris*, 1846, 1. vol. grand in-4 broché.

454. **Claussin**. Catalogue raisonné de toutes les estampes qui forment l'œuvre de Rembrandt. — Supplément au catalogue de Rembrandt. *Paris, Firmin Didot*, 1824-1828, 2 vol. in-4 brochés.

455. **R. Dumesnil** et **G. Duplessis**. Le Peintre-Graveur français. *A Paris, chez Warée et la veuve Huzard*, 1835-1870. 11 vol. in-4 brochés.

456. De Baudicourt. — Le Peintre-Graveur français continué. *Paris, Mme Bouchard Huzard,* 1861, 2 vol in-4 brochés.

457. **E. Bocher**. Catalogue raisonné de l'œuvre gravée de P.-A. Baudouin. — J.-B.-Siméon Chardin. — N. Lancret. — Nicolas Lavreince. *A Paris, à la Librairie des Bibliophiles,* 1875-1877, 4 fascicules grand in-4 brochés.

458. **J. Maherault et E. Bocher.** L'Œuvre de Gavarni. *Paris, Librairie des Bibliophiles,* 1873, 1. vol. in-4 broché.

459. **R. Portalis et H. Beraldi.** Catalogue de l'œuvre de Gaucher. *Paris, Morgand,* 1879. — **A. F.-Didot.** Catalogue raisonné de l'œuvre des Drevet. *Paris, librairie F.-Didot,* 1876. 2 vol. in-4 brochés.

Paris. — Typ. Chamerot et Renouard, 19, rue des Saints-Pères. — 29558

Muzet

2e 7389
14040

5

3

Lelgee.

Hotel Carmona.

133

www.ingramcontent.com/pod-product-compliance
Ingram Content Group UK Ltd.
Pitfield, Milton Keynes, MK11 3LW, UK
UKHW021017180726
13838UKWH00004B/1569